I0547019

Y Réserve.

(Par Alfred de Vigny.)

LE TRAPISTE,

POËME.

Je suis devenu étranger à mes frères, parce
que le zèle de votre maison m'a dévoré, et
que les outrages de ceux qui vous insultaient
sont tombés sur moi.

(Ps. c. lxviii. v. 8.)

IMPRIMERIE DE GUIRAUDET

C'était une des nuits qui des feux de l'Espagne
Par des froids bienfaisans consolent la campagne :
L'ombre était transparente, et le lac argenté
Brillait à l'horizon sous un voile enchanté ;
Une lune immobile éclairait les vallées,
Où des citronniers verts serpentent les allées ;

Des milliers de soleils, sans offenser les yeux,
Tels qu'une poudre d'or semaient l'azur des cieux,
Et les monts inclinés, verdoyante ceinture
Qu'en cercles inégaux enchaîna la nature,
De leurs dômes en fleurs étalaient la beauté,
Revêtus d'un manteau bleuâtre et velouté.
Mais aucun n'égalait, dans sa magnificence,
Le Mont-Serrat paré de toute sa puissance :
Quand des nuages blancs sur son dos arrondi
Roulaient leurs flots chassés par le vent du Midi,
Les brisant de son front, comme un nageur habile,
Le géant semblait fuir sous ce rideau mobile :
Tantôt un piton noir, seul dans le firmament,
Tel qu'un fantôme énorme, arrivait lentement;
Tantôt un bois riant, sur une roche agreste,
S'éclairait suspendu comme une île céleste.
Puis enfin, des vapeurs délivrant ses contours,
Comme une forteresse au milieu de ses tours,
Sortait le pic immense; il semblait à ses plaines
Des vents froids de la nuit partager les haleines,

Et l'orage indécis, murmurant à ses pieds,
Pendait encor d'en haut sur les monts effrayés.

En spectacles pompeux la nature est féconde;
Mais l'homme a des pensers bien plus grands que le monde.
Quelquefois tout un peuple endormi dans ses maux
S'éveille, et, saisissant le glaive des hameaux,
Maudissant la révolte impure et tortueuse,
Élève tout à coup sa voix majestueuse :
Il redemande à Dieu ses autels profanés,
Il rappelle à grands cris ses Rois emprisonnés;
Comme un tigre il arrache, il emporte sa chaîne;
Il se lève, il grandit, il s'étend comme un chêne,
Et de ses mille bras il couvre en liberté
Les sillons paternels du sol qui l'a porté.
Ainsi, terre indocile, à ton Roi seul constante,
Vendée, où la chaumière est encore une tente,

Ainsi de ton bocage aux détours meurtriers
Sortirent en priant les paysans guerriers;
Ainsi, se relevant, l'infatigable Espagne
Fait sortir des héros du creux de la montagne.

Sur des rochers, non loin de ces antres sacrés
D'où les Goths foudroyaient leurs vainqueurs massacrés,
D'où sort toujours la gloire, et qui gardent encore,
Hélas! les os français mêlés à ceux du More,
Au-dessus de la nue, au-dessus des torrens,
Viennent de s'assembler les montagnards errans :
La pourpre du réseau dont leur front s'environne
Forme autour des cheveux une mâle couronne,
Et la corde légère, avec des nœuds puissans,
S'est tressée en sandale à leurs pieds bondissans.
Le silence est profond dans la foule attentive;
Car la hache pesante, avec la flamme active,

D'un chêne que cent ans n'ont pas su protéger
Ont fait pour leur prière un autel passager.

Là , ce chef dont le nom sème au loin l'épouvante
Dépose devant Dieu son oraison fervente;
Triomphateur sans pompe, il va d'une humble voix
Chanter le *Te Deum* sous le dôme des bois.
Est-ce un guerrier farouche ? est-ce un pieux apôtre ?
Sous la robe de l'un il a les traits de l'autre :
Il est prêtre, et pourtant promptement irrité ;
Il est soldat aussi, mais plein d'austérité;
Son front est triste et pâle, et son œil intrépide ;
Son bras frappe et bénit, son langage est rapide;
Il pense, et du tumulte aime à sauver ses pas;
Un pain noir et grossier compose ses repas ;
Il parle, on obéit; on tremble s'il commande ,
Et nul sur son destin ne tente une demande.

Le Trapiste est son nom : ce terrible inconnu,
Sorti jadis du monde, au monde est revenu;
Car, soulevant l'oubli dont ces couvens funèbres
A leurs moines muets imposent les ténèbres,
Il reparut au jour, dans une main la croix,
Dans l'autre secouant, au nom des anciens Rois,
Ce fouet dont Jésus-Christ, de son bras pacifique,
Du haut des longs degrés du Temple magnifique,
Renversa les vendeurs qui souillaient le saint mur,
Dans les débris épars de leur trafic impur.
Soit que la main de Dieu le couvre ou se retire,
Le condamne à la gloire ou l'élève au martyre,
S'il vit, il reviendra, sans plainte et sans orgueil,
D'un bras sanglant encore achever son cercueil,
Et reprendre, courbé, l'agriculture austère
Dont il s'est trop long-temps reposé dans la guerre.
Tel un mort évoqué par de magiques voix,
Envoyé du sépulcre, apparaît pour les Rois,
Marche, prédit, menace, et retourne à sa tombe,
Dont la pierre éternelle en gémissant retombe.

Parmi ces montagnards, ces robustes bergers,
Aventuriers hardis, chasseurs aux pieds légers,
Qui rangent sous sa loi leur troupe volontaire,
Nul n'a voulu savoir ce qu'il a voulu taire.
Dieu l'inspire et l'envoie, il le dit : c'est assez,
Pourvu que leurs combats leur soient toujours laissés.
Joyeux, ils voyaient donc l'instrument de leur gloire
Lui-même offrir à Dieu leur première victoire.
Pour lui, couvert de l'aube et de l'étole orné,
Devant l'autel agreste il s'était retourné.
Déjà, soldat du Christ, près d'entrer dans la lice,
Il remplissait son cœur des baumes du calice :
Mais des soupirs, des bruits s'élèvent; un grand cri
L'interrompt; il s'étonne, et, lui-même attendri,
Voit un jeune inconnu, dont la tête est sanglante,
Traînant jusqu'à l'autel sa marche faible et lente,

Montrant un fer brisé qui soutenait sa main,

Qui défendit sa fuite et fraya son chemin.

C'est un de ces guerriers dont la constante veille

Fait qu'en ses palais d'or la Royauté sommeille.

Il tombe; mais il parle, et sa tremblante voix

S'efforce à ce discours, entrecoupé trois fois :

« Pour qui donc cet autel au milieu des ténèbres?

N'y chantez pas, ou bien dites des chants funèbres.

Quel Espagnol ne sait les hymnes du trépas?

Les nouveaux noms des morts ne vous manqueront pas :

J'apporte sur vos monts de sanglantes nouvelles!

— Quoi! le Roi n'est-il plus? disaient les voix fidèles.

— Pleurez. — Il est donc mort? — Pleurez, il est vivant! »

Et le jeune martyr, sur un bras se levant,

Tel qu'un gladiateur dont la paupière errante

Cherche le sol qui tourne et fuit sa main mourante :

« Nos combats sont finis, dit-il, en un seul jour;

Les taureaux ont quitté le cirque, et sans retour,

Puisque le spectateur à qui s'offrait la lutte

N'a pas daigné lui-même applaudir à leur chute.

Pour vous, si vous savez les secrets du devoir,
Partez, je vais mourir avant de les savoir.
Mais si vous rencontrez, non loin de ces montagnes,
Des soldats qui vont vite à travers les campagnes,
Qui portent sous leurs bras des glaives renversés,
Et passent en silence et leurs fronts abaissés,
Ne les engagez pas à cesser leur retraite;
Ils vous refuseraient en secouant la tête :
Car ils ont tous besoin, mon Père, ainsi que moi,
De retremper leur âme aux sources de la foi.
Nul ne sait s'il succombe ou fidèle ou parjure,
Et si le dévoûment ne fut pas une injure.
Vous, habitant sacré du mont silencieux,
Instruit des saintes morts que préfèrent les Cieux,
Jugez-nous, et parlez..... Vous savez quelle proie
Le peuple osa vouloir dans sa féroce joie?
Vous le savez, un Roi ne porte pas des fers
Sans que leur bruit s'entende aux bouts de l'univers.
Nous qui pensions encore, avant l'heure où nous sommes,
Qu'un serment prononcé devait lier les hommes,

Partant avec le jour, qui se levait sur nous
Brillant, mais dont le soir n'est pas venu pour tous,
Au palais, dont le peuple envahissait les portes,
En silence, à grands pas, marchaient nos trois cohortes :
Quand le Balcon Royal à nos yeux vint s'offrir,
Nous l'avons salué, car nous venions mourir.
Mais comme à notre voix il n'y paraît personne,
Aux cris des révoltés, à leur tocsin qui sonne,
A leur joie insultante, à leur nombre croissant,
Nous croyons le Roi mort, parce qu'il est absent;
Et, gémissant alors sur de fausses alarmes,
Accusant nos retards, nous répandions des larmes.
Mais un bruit les arrête, et, passé dans nos rangs,
Fait presque de leur mort repentir nos mourans.
Nous n'osons plus frapper, de peur qu'un plomb fidèle
N'aille blesser le Roi dans la foule rebelle.
Déjà nos feux éteints nous font voir ses amis
Par nos bourreaux sanglans à nous tuer admis.
Nous recevons leurs coups long-temps avant d'y croire,
Et notre étonnement nous ôte la victoire :

En retirant vers vous nos rangs irrésolus,
Nous combattions toujours, mais nous ne pleurions plus. »

~~~~~~~~~

Il se tut. Il régna, de montagne en montagne,
Un bruit sourd qui semblait un soupir de l'Espagne.
Le Trapiste incliné mit la main sur ses yeux.
On ne sait s'il pleura ; car, tranquille et pieux,
Levant son front creusé par les rides antiques,
Sa voix grave apaisa les bataillons rustiques :
Comme la molle neige au vent du sud se fond,
La rumeur s'éteignit dans un calme profond.
La lune alors plus belle écartait un nuage,
Et du moine héroïque éclairait le visage ;
Troublé sur ses sommets et dans sa profondeur,
Le mont de tous ses bruits déployait la grandeur.
Aux mots entrecoupés du vainqueur catholique
Se mêlaient d'un torrent la voix mélancolique,
Le froissement léger des mélèzes touffus,
D'un combat éloigné les coups longs et confus,

Et le cri des vautours volant dans les ténèbres,
Et réclamant déjà leurs alimens funèbres.

———————

« Frères, il faut mourir : qu'importe le moment !
Et si de notre mort la cause et l'instrument
Est cette main des Rois qui, jadis salutaire,
Touchait pour les guérir les peuples de la terre ;
Quand même, nous brisant sous notre propre effort,
L'arche que nous portons nous donnerait la mort ;
Quand même par nous seuls la couronne sauvée
Écraserait un jour ceux qui l'ont relevée,
Seriez-vous étonnés ? et vos fidèles bras
Seraient-ils moins ardens à servir les ingrats ?
Vous seriez-vous flattés qu'on trouvât sur la terre
La palme réservée au martyr volontaire ?
Hommes toujours déçus, j'en appelle à vous tous :
Interrogez vos cœurs, voyez autour de vous,
Rappelez vos liens, vos premières années,
Et d'un juste coup d'œil sondez nos destinées.

Amis, frères, amans, qui vous a donc appris
Qu'un dévoûment jamais dût recevoir son prix ?
Beaucoup semaient le bien d'une main vigilante,
Qui n'ont pu récolter qu'une moisson sanglante.
Si la couche est trompeuse et le foyer pervers,
Qu'avez-vous attendu des Rois de l'univers ?
O faiblesse mortelle ! ô misère profonde !
Le poids d'un grand service est trop lourd pour le monde ;
Qui sait mourir, serait ingrat étant puissant,
On s'immole plutôt qu'on n'est reconnaissant.
Tel fuit les malheureux, qui n'a pas craint les armes :
Le sang coule du cœur plus vite que les larmes.
Plaignons notre nature et les fronts couronnés ;
Mais servons-les pour Dieu qui nous les a donnés.
Notre cause est sacrée, et dans les cœurs subsiste.
En vain les Rois s'en vont : la Royauté résiste ;
Son principe est en haut, en haut est son appui ;
Car tout vient du Seigneur, et tout retourne à lui.
Dieu seul est juste, enfans ; sans lui tout est mensonge,
Sans lui le mourant dit : « La vertu n'est qu'un songe. »

Nous allons le prier, et pour le prince absent,
Et pour tous les martyrs dont coule encor le sang.
Je donne cette nuit à vos dernières larmes :
Demain nous chercherons, à la pointe des armes,
Pour le Roi la couronne, et des tombeaux pour nous. »

Amen, dit l'assemblée en tombant à genoux.

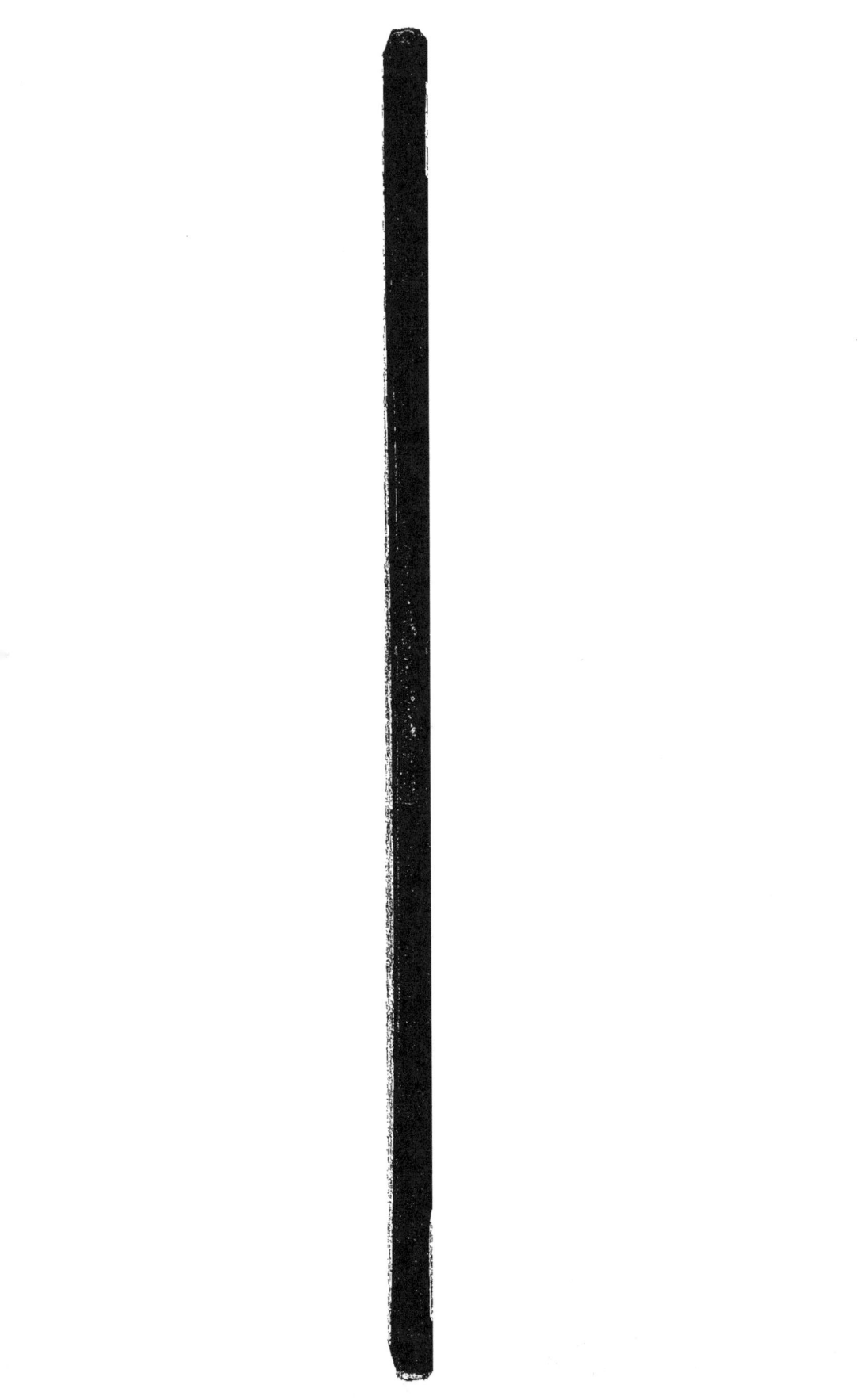

www.ingramcontent.com/pod-product-compliance
Lightning Source LLC
Chambersburg PA
CBHW061633180626
46818CB00005B/2363